AF356387

25 Novembre 1899

V

CATALOGUE

DES

OBJETS D'ART

ET DE

CURIOSITÉ

SCULPTURES EN TERRE CUITE ET EN MARBRE

ÉVENTAILS, MINIATURES, BIJOUX

OBJETS DE VITRINE, PORCELAINES

BRONZES D'AMEUBLEMENT

MEUBLES

DONT LA VENTE AURA LIEU

HOTEL DROUOT, SALLE N° 7

Le Samedi 25 Novembre 1899

à deux heures

COMMISSAIRE-PRISEUR	EXPERTS
Me P. CHEVALLIER	**MM. MANNHEIM**
10, rue Grange-Batelière, 10	7, rue Saint-Georges, 7

EXPOSITION PUBLIQUE

LE VENDREDI 24 NOVEMBRE 1899

DE 1 HEURE 1/2 A 5 HEURES 1/2

L.C. 412

CONDITIONS DE LA VENTE

Elle sera faite au comptant.

Les acquéreurs paieront *cinq pour cent* en sus des adjudications.

L'exposition mettant le public à même de se rendre compte de l'état et de la nature des objets, il ne sera admis aucune réclamation une fois l'adjudication prononcée.

Paris. — Imp. de l'Art, E. Moreau et Cⁱᵉ, 41, rue de la Victoire.

DÉSIGNATION DES OBJETS

SCULPTURES

1 — Buste en terre cuite d'une actrice, la tête tournée vers
l'épaule gauche, couronnée d'une guirlande de fleurs, le
sein légèrement découvert. XVIIIe siècle. Pied en marbre
bleu-turquin.

2 — Petit groupe en terre cuite pour pendule: Psyché et
l'Amour. Commencement de l'Empire.

3 — Petit médaillon en terre cuite: Buste en relief d'une
femme en corsage décolleté. XVIIIe siècle. Cercle de bronze
doré.

4 — Médaillon en terre cuite par *Nini*: Tête de Louis XV;
daté *1770*. Cadre en bois sculpé et doré.

5 — Médaillon ovale en terre cuite peinte: Portrait de
Madame Récamier, par *Chinard*. Signé: *Chinard de
l'Institut à Paris*. Encadré.

6 — Médaillon ovale en plâtre peint: Robespierre, de profil
en buste, avec la légende:

> Le seul tourment du Juste à son heure dernière
> Et le seul dont alors je serai déchiré ;
> C'est de vouloir en mourant, pâle et sombre envie
> Distiller sur mon nom l'opprobre et l'infamie
> De mourir pour le peuple et d'en être abhorré. »

« Nous voulons que la France devienne le modèle des nations, l'effroi des oppresseurs, la consolation des opprimés. »

7 — Buste, grandeur nature, du général Bonaparte, par *Corbey* en plâtre patiné vert-bronze. Ce buste, le plus ancien connu de Bonaparte, a été exposé en l'**an IX** et en l'an X au Salon ; il était commandé par le Directoire, pour être placé dans la salle de ses séances. Le marbre semble en avoir disparu ; il n'en existe qu'un très petit nombre d'exemplaires en plâtre.

8 — Petit buste en plâtre de Marat.

9 — Modèle en plâtre d'une lionne pour chenet.

10 — Petit buste de Desaix en plâtre peint.

11 — Statuette en marbre blanc : Femme couchée et dormant. Époque Louis XV.

12 — Groupe en marbre blanc : Enlèvement de Ganymède. Commencement du XIXᵉ siècle.

ÉVENTAILS ET MINIATURES

13 — Petit éventail décoré au vernis dit de Martin : Esther et Assuérus, d'après le tableau de Noël Coypel, exposé au musée du Louvre. XVIIIᵉ siècle.

14 — Éventail à monture d'ivoire incrusté de nacre, feuille peinte à la gouache : le Triomphe de Bacchus. Italie, XVIIᵉ siècle.

15 — Éventail à monture en nacre enrichie d'or ciselé et de peintures ; feuille entièrement dessinée à la plume, à l'encre bleue, représentant le Triomphe d'Alexandre, d'après Lebrun et signée : *Marie Daire*. France. Époque Louis XV.

16 — Éventail à monture de nacre incrustée d'écaille : la feuille gouachée représente une scène des guerres de Louis XV : un général assis, distribue de l'argent à un paysan et à une paysanne ; derrière eux, un groupe de soldats du régiment le Lyonnais, actuellement 27ᵉ de ligne, dont le duc de Villeroy était colonel ; à gauche, un tambour en casaque verte, à la livrée de Villeroy avec un garde suisse auprès de lui ; à droite, un garde-française. France, époque Louis XV.

17 — Éventail à monture d'ivoire peint : feuille présentant des paysans dans la campagne. XVIIIᵉ siècle.

18 — Éventail en ivoire décoré au vernis : Personnages au bord d'une rivière. XVIIIᵉ siècle.

19 — Deux miniatures ovales à sujets pastoraux, cadres en bois sculpté et doré, dont un du XVIIᵉ siècle. *Vente sir Julian Goldsmid*.

20 — Émail de forme ronde : Portrait de femme en buste de face, vêtue de blanc ; fond de paysage. Commencement du XIXᵉ siècle. Encadré.

21 — Miniature ovale : Portrait présumé de Mademoiselle

Lannes, en corsage blanc et chapeau de paille. Encadrée. Époque Restauration. Écrin en cuir.

22 — Boîte ronde en ivoire ornée d'une miniature à sujet de sacrifice.

23 — Boîte ronde en ivoire ornée d'une miniature : Sujet galant.

24 — Boîte ronde en poudre d'écaille. Miniature : Portrait de femme en costume Louis XVI.

25 — Boîte ronde en écaille. Miniature Louis XVI : Portrait de jeune fille.

26 — Petite peinture sur émail : Portrait de femme.

27 — Miniature : Portrait de femme, Louis XVI.

28 — Miniature : Portrait de femme, en corsage violet.

29 — Six miniatures. Portraits d'hommes, d'une femme et d'un enfant.

BIJOUX

30 — Pendant de cou en or ciselé et émaillé, enrichi de pierreries et d'une perle baroque, ainsi que d'une perle pendeloque fausse et représentant la grappe de la Terre promise. Style du xvie siècle. Travail de *Jean Garnier*.

31 — Aiguière en jaspe, montée en or ciselé et émaillé. Travail de *Jean Garnier*.

32 — Boîte en purpurine, ornée sur le couvercle d'un bas-relief en nacre : Hercule et Antée.

33 — Châtelaine, montre et breloques en or ciselé et guilloché de l'époque Louis XVI.

34 — Montre Louis XVI, en or, cuvette émaillée : Sacrifice à l'amour.

35 — Parure : collier et deux boucles d'oreilles en jargons, ornés de miniatures sur ivoire, camaïeux grisailles sur fond bleu, Louis XVI.

36 — Montre Louis XV en or, la cuvette ornée d'un émail : Tête de femme, entouré d'ornements en jargons.

37 — Parure Louis XVI, collier et deux boucles d'oreilles, camées têtes de nègres, montés en or.

38 — Parure : collier et boucles d'oreilles, formée de biscuits de Sèvres Louis XVI montés en or et perles fines.

39 — Collier Louis XV en marcassites.

40 — Deux colliers Louis XVI en stras, à maillons en forme d'anneaux et d'olives.

41 — Parure-collier et boucles d'oreilles en ancienne mosaïque sur fond rouge, monture d'argent doré.

42 — Broche en or et perles fines, arc et flèche.

43 — Médaillon en roses et perles fines monté en or, de style Louis XVI.

44 — Médaillon, émail : Tête de femme Louis XVI, entouré de marcassites.

45 — Médaillon Louis XVI, émail : Amour entouré de jargons et de feuillages en or, monture or.

46 — Collier devant de cou, formé de quatre émaux : Têtes de femmes, à monture ancienne en jargons.

47 — Pendant de cou ancien en roses, en forme d'olive, surmonté d'un nœud Louis XVI : miniature sur ivoire.

48 — Parure, pendant et boucles d'oreilles en or et perles fines, ornés d'émaux d'après l'antique.

49 — Médaillon en argent émaillé et perles fines : myosotis, au milieu la lettre M en or et perles fines.

50 — Deux pièces : Saint Esprit, en marcassites, et pendant de cou, formé d'un cygne, en argent doré, et perles fines.

51 — Parure : croix et boucles d'oreilles en argent émaillé et perles fines. Travail italien.

52 — Trois croix boulonnaises : une en or et deux en argent doré.

53 — Deux pendants de cou : médaillons, de style Renaissance, en or et argent émaillé ; camée, tête de femme.

54 — Trois pièces : deux pendants de cou et un médaillon en argent doré : miniature sur ivoire, émail, tête et panier, perles fines Louis XVI.

55 — Deux broches : émaux Louis XIII et Louis XVI ; montures argent doré.

56 — Deux pièces : broche, de style Louis XIII, en forme de branche, en argent émaillé, perles fines et rubis, et pendant de cou de même style : rubis, émeraude et applique en or de couleur.

57 — Trois paires de boucles d'oreilles anciennes en stras.

58 — Quatre paires de boucles d'oreilles anciennes en chry-solithes et topazes rouges.

59 — Trois pièces : deux boucles d'oreilles et une croix slaves en or et turquoises.

60 — Trois pièces : une paire boucles d'oreilles et une broche en turquoises et perles fines.

61 — Deux paires de boucles d'oreilles anciennes, italiennes, en or et perles fines.

62 — Trois petites boucles de souliers en stras anciennes.

63 — Étui décoré au vernis dit de Martin : amours ; garni-ture d'or.

64 — Boîte ronde décorée de fleurs en vernis dit de Martin; garniture cuivre.

65 — Boîte ronde décorée au vernis dit de Martin : rayures; garniture or.

66 — Boîte ronde en poudre d'écaille grise contenant un cadran solaire.

67 — Petite boîte en émail de Battersea : paysages sur fond rose.

68 — Petite boîte ronde, verre monté or et couvercle orné d'arbustes.

69 — Deux boucles Louis XVI, stras, montés argent.

70 — Canne, montée cuivre.

ORFÈVRERIE

71 — Service à thé en argent, de style Louis XVI : théière, pot à lait, pot à eau, sucrier et bouilloire, Maison *Boin*.

72 — Coupe en argent doré, décorée d'un bouquet de fleurs ciselé en relief, par *Peureu*.

OBJETS VARIÉS

73 — Diptyque en ivoire sculpté, à quatre compartiments : scènes tirées de la vie du Christ sous des arceaux gothiques. XIVᵉ siècle.

74 — Diptyque en ivoire sculpté : la Vierge, la Crucifixion sous des arceaux gothiques. XIVᵉ siècle.

75 — Boîte en marqueterie d'os et de bois, à motifs géométriques. Ancien travail italien.

76 — Lampe de mosquée en verre bleu. Ancien travail oriental.

77 — Verre à pied, gravé au diamant, décoré d'une petite barque au milieu de motifs rocaille. Allemagne, XVIIIᵉ siècle.

78 — Verre à pied, gravé à la meule, aux armes de Saxe. XVIIᵉ siècle.

79 — Petit service à thé, émail de Chine, à personnages, fond bleu : plateau, cinq tasses, cinq soucoupes, quatre tasses plus petites, bol avec couvercle et boîte, plus un plateau en laque.

80 — Mouchoir en soie, portant imprimé en rouge la Déclaration des droits de l'homme. Époque Révolutionnaire.

81 — Fusil.

82 — Pistolet de Gastine-Renette.

PORCELAINES

83 — Grand vase en céladon gris de la Chine gaufré sous couverte; monture de style Louis XV en bronze doré, composée de tiges contournées et de roseaux.

84 — Assiette en ancienne porcelaine de Chine, famille rose, fleurs.

85 — Tasse et soucoupe, porcelaine moderne du Japon.

86 — Cabaret en porcelaine de Sèvres, époque Empire : théière, pot à lait, bol, sucrier, six tasses et six soucoupes; décor de paysages et hiéroglyphes Écrin en cuir.

87 — Service en porcelaine de Sèvres, époque Louis-Philippe, décor doré : Théière, sucrier, pot à lait, pot à eau, six tasses et six soucoupes.

88 — Six couteaux à manches d'ancienne porcelaine de Mennecy, décors de fleurs.

89 — Huillier et deux burettes, porcelaine à fleurs.

90 — Flacon à thé avec couvercle, décor de fleurs, ancienne porcelaine de Saxe.

91 — Paire de petits vases en porcelaine tendre, émaillée vert, à décor de guirlandes dorées.

92 — Figurine en ancienne porcelaine de Saxe : Personnage debout tenant un coq.

93 — Figurine, même porcelaine : Amour tenant un car-
touche.

94 — Statuette même porcelaine. — Personnage de la Co-
médie italienne.

95 — Groupe de danseurs, en ancienne porcelaine de
Louisbourg.

96 — Figurine, même porcelaine : Chasseresse tenant un
faucon.

97 — Chasse au sanglier, porcelaine allemande.

98 — Groupe en porcelaine : Homme et femme luttant.

99 — Deux groupes porcelaine allemande : Marchand de
volailles, marchande de glaces.

100 — Coq et poule, même porcelaine.

101 — Figurine : Marchande de fruits et de volailles. Ancienne porcelaine de Louisbourg.

102 — Figurine en ancienne porcelaine de Saxe : Chasseur
debout en habit vert.

103 — Deux figurines en ancienne porcelaine de Saxe : Marquis et marquise assis ; l'une tenant un chien, l'autre
faisant jouer un autre chien.

104 — Loup, même porcelaine.

105 — Figurine en ancienne porcelaine de Saxe : L'Astro-
nomie.

106 — Figurine en ancienne porcelaine de Saxe : Danseuse.

107 — Lion attaqué par trois chiens, même porcelaine.

108 — Petite coupe sur piédouche, même porcelaine, à dessin d'oiseaux et de fleurs.

109 — Écuelle avec plateau et couvercle, porcelaine de Saxe surdécorée, à personnages et imbrications.

110 — Écuelle avec plateau et couvercle, porcelaine ; décor de guirlandes de fleurs.

111 — Boîte, à décor de personnages, en porcelaine de Vienne.

112 — Bougeoir en ancienne porcelaine de Saxe, à décor de fleurs.

113 — Figurine de marquis en ancienne porcelaine blanche de Berlin.

114 — Figurine en ancienne porcelaine de Hoechst : Marchand de légumes.

115 — Figurine de marchande en ancienne porcelaine de Chelsea.

BRONZES ET MEUBLES

116 — Petite pendule Louis XVI, en marbre blanc et bronze doré, à décor de balustres, vases et feuillages.

117 — Figurine, en bronze patiné, d'enfant nu debout, tenant une torche et une couronne, sur socle en marbre bleu-turquin.

118 — Cabaret Empire, bronze doré et fond de glace, comprenant trois flacons et six verres.

119 — Deux petits flambeaux-colonnettes en cuivre argenté, genre Louis XVI.

120 — Petite pendule religieuse Louis XIV, en marqueterie de cuivre et étain; cadran en bronze.

121 — Socle-applique Louis XIV, en marqueterie de cuivre et d'écaille, garni bronze.

122 — Deux meubles, à hauteur d'appui, à deux portes et un tiroir ornés de panneaux en laque du Japon, à décor de paysages; garnitures de bronze, dessus de marbre.

123 — Meuble analogue aux précédents, mais à nombreux tiroirs.

124 — Petite cage d'horloge Louis XIII sur pied-balustre.

125 — Carpette orientale, fond bleu.

126 — Coussin en brocart.

1. 1D2 -
92
107

www.ingramcontent.com/pod-product-compliance
Lightning Source LLC
LaVergne TN
LVHW021919180726
843502LV00008B/3161